叡松 이용수 제5시집

神의 일부

神의 일부

叡松 이용수 제5시집

한누리미디어

차례

1장 _ 神의 일부

2장_ 여기

차례

3장 _ 사랑

차례

4장 _ 우리나라와 우리 육사

1장

神의 일부

신(神)의 일부

신(神)이란,
'우주 만물을 창조하고
이를 통제하는
불가사의한 존재' 라고 하는데
우리 우주가 꼭 그렇습니다.
그래서
우리 우주 자체가 곧
신(神)입니다.

우리 우주를 봅시다.
약 150억 년 전에
빅뱅으로 탄생하여
창조와 진화, 팽창을 거듭하여
오늘날
수천억 개의 별로 구성된
수천억 개의 은하를 포함한
광대한 우주가 되었습니다.

여기에 지구는
그 은하 속의 한 개 별로
빅뱅 후 약 105억 년 후
지금으로부터 45억 6천만 년 전에
탄생하였고
인류가 지구의 탄생 45억 년 후
지금으로부터 6천만 년 전에
탄생하여 6천만 년을 진화하여
오늘날 로봇을 창생하고 있으며
이 모든 것들을 우주 자체가
통제하고 있지 않습니까.
우리 우주 자체가 곧 신(神)입니다.

그런데
지구는 해와 달처럼 우주의 일부이고
초목이 지구의 일부이듯
인간도 지구의 일부임으로

인간이 우주의 일부도 됩니다.

우주가 곧 신(神)이므로
인간이 신(神)의 일부입니다.

성직자나 아니거나
직위가 높거나 낮거나
남녀노소 불문하고
우리 인간은 모두가
신(神)의 일부입니다.

성직자는 성직자로서 신(神)의 일부이고
죄수는 죄수로서 신(神)의 일부입니다.
신(神)을 향해 눈물을 흘리며 기도하는
당신도 신(神)의 일부입니다.

일부는 전체의 범위와 속성(屬性)을

절대 벗어날 수 없기에
신(神)의 일부인 우리 인간도
신(神)의 속성(屬性)에서
절대 벗어날 수 없습니다.
그 어느 누구도! 그 어떤 경우도!

부처님은 말씀하셨다네

부처님은 말씀하셨다네,
"기도만 한다고 저 물 위의 기름이
물 밑으로 가라앉겠느냐?"라고.

부처님은 말씀하셨다네,
"기도만 한다고 저 물 밑의 돌이
물 위로 떠오르겠느냐?"라고.

부처님은 말씀하셨다네,
"나를 의지하지 말고
진리에 의지하라"라고.

부처님은 말씀하셨다네
- 아승수

부처님은 말씀하셨다네,
"기도만 한다고 저 물 위의 기름이
물 밑으로 가라앉겠느냐?"고.

부처님은 말씀하셨다네,
"기도만 한다고 저 물 밑의 돌이
물 위로 떠오르겠느냐?"고.

부처님은 말씀하셨다네,
"나를 의지하지 말고
진리에 의지하라"고.

우주(=神)의 속성과 진리

우주 즉 신(神)에도 속성(屬性)이 있어요.
한 번 알아볼까요.

*부처님이 그리든 예수님이 그리든
삼각형 내각의 합은 180도가 됩니다.

*공자(孔子)도 죽고 도척(盜跖)도 죽었듯이
생자필멸(生者必滅)하고
회자정리(會者定離)합니다.

*작용에는 반드시 반작용이 따릅니다.

*만유인력이 존재합니다.

*코일 속을 자석이 움직이면
코일에 전류가 흐릅니다.

*콩 심은 데 콩 나고
팥 심은 데 팥 납니다.

*물 없는 곳엔
생명체가 살 수 없습니다.

*물은 불을 끕니다.

*조약돌에도 원인이 있습니다.

*기도만 한다고 물 밑의 돌이
그냥 물 위로 떠오르는 일 없고
지성으로 기도하면 지혜가 생각납니다,

*어떤 일을 할 때에 기도를 하면
낭패하는 일이 적습니다.

*안전에 대한 기도가 소홀하면
불상도 타 버립니다.

*이런 모든 속성(屬性)들을
‘진리(眞理)’ 라고 합니다.

평화를 위한 지혜

고대 그리스는
민주주의로써
나라의 평화를
이루었고

고대 중국의 한나라는
유교로써
인도의 아소카왕은
불교로써
나라의 평화를
유지하였습니다.

작금의 세계는
UN이란 기구를 통하여
세계 평화를 꾀하고 있는데

노벨평화상만
훨씬 못합니다.

진리와 지혜

우리의 모든 지혜는
진리에서 나옵니다.
진리는 지혜의 어머니입니다.

잠시라도 없어서는 안 되는
전기를 만들어 쓰는 지혜는
전기 발생의 진리로부터 나왔고

피뢰침을 높은 곳에
피뢰침의 끝을 뾰족하게
설치하는 지혜도
낙뢰 발생의 진리에서
나왔습니다.

진리를 많이 알아야
지혜도 풍부해집니다.

한국 육군사관학교의 교훈이
지인용(智仁勇)인데
그 첫째가 '지혜' 입니다.

4년간 진리를 많이 배워서
지혜를 많이 터득하여
졸업 후
지혜로운 전사, 지혜로운 지도자가
됩니다.

세계 평화의 지름길

'아시안 하이웨이 1번 도로'
AH1(Asian High Way 1)

일본 도쿄를 시발점으로 하여
한반도(한국, 북한)를 지나
중국(본토 및 홍콩)—
동남아시아(인도, 방글라데시,
파키스탄)를 지나
이란 고원(아프가니스탄, 이란) 지나
튀르키예의 이스탄불을 경유
불가리아 국경까지 가서
유럽 노선 E80과 합류하여
포르투갈 리스본까지 이어지는
총 길이 20,557Km의 장대한
국제고속도로!

아아, 이 길은

세계 평화의 지름길입니다.
이 길이 개통되면
노벨평화상 10개 감입니다.

세계에서 가장 막강한
트럼프 대통령님
이 길을 개통해 주세요!

사자와 호랑이의 지혜

사자와 호랑이는
서로 싸우지 않습니다.

서로 싸워
공멸하지 않습니다.

사자는
아프리카 평원에서만
살고

호랑이는
아시아 삼림에서만
삽니다.

베풂의 지혜

나는 보았답니다,
화창한 봄날 배 밭에서.

꿀벌들이 잉잉거리며
이 꽃 저 꽃으로
날아들고 있었습니다.

그 많은 꽃송이마다
달콤한 단 꿀
베풀고 있었어요.

나는 한참을 바라보며
생각해 보았습니다.

가을이 오면
가지마다 주렁주렁
가득히 열릴

베풂의 열매를!

현명한 미합중국의 지혜

무려 66만여 명의 전사자를 내며
4년간 지속되었던 미국의 남북전쟁이
남부군 사령관 리 장군의 항복으로
끝났을 때

북부군 사령관 그랜트 장군은
부하들에게 이렇게 말했습니다.
"이제 남부군은 우리의 적이 아니며
우리의 형제이다……."

남부군 사령관 리 장군은
워싱턴대학 총장에 취임하여
존경받으며 생애를 마쳤으며,

남부연합 대통령,
제퍼슨 데이비스도 체포되어
2년간 옥살이만 하고

보석으로 풀려나 81세까지
천수를 다 누렸습니다.

이리하여 미국의 50개 주는
1개 주의 이탈도 정치보복도 없는
하나의 미합중국으로 똘똘 뭉쳐
오늘날의 세계 최강국으로
발전하고 있습니다.

자유의 여신상

자유를 사랑하고 갈망하는
용기 있고 슬기로운 사람들이
함께 모여 세운 나라

모든 사람, 모든 것
다 자유롭게 해서
뛰어난 지혜들 다 모아
함께 힘써 발전한 지혜로운 나라

세계 최강국의 U.S.A!

자유의 여신이
선도하고 있구나!

오,
세계를 향하여 비추고 있는
저 '자유의 여신상' 의

눈부신 횃불!

온 누리를
자유롭게 하라!
영원히 빛나거라!

웃음의 지혜

웃음은 이상해요,
당신이 날 보고 웃으면
당신이
더욱 아름다워 보여요.

웃음은 이상해요,
당신이 날 보고 웃으면
나도 따라 웃어 버려요.

웃음은 정말 이상해요,
우리가 함께 웃으면
하늘과 땅의 그 모든 것도
함께 따라 웃어 주어요.

우리 늘 함께 웃어요,
이곳이
천국(天國)이 되게.

행복한 삶의 지혜

사랑하는 마음 가운데
기쁨과 즐거움이 있고

기쁨과 즐거운 마음 가운데
행복과 평안이 있나니

늘
사랑하며 살아가는 사람아,
늘
행복하며 평안하리라!

2장

여기

가장 무서운 적

로마의 영웅 '카이사르'는
그가 아들처럼 대했던
'브루투스'의 칼에
무참히 암살되었고

대한민국의 영웅
박정희 대통령은
그의 측근자
중앙정보부장 총탄에
암살되었습니다.

아아,
가장 무서운 적은
가장 가까운 곳에
있었습니다!

칭기즈칸의 적

칭기즈칸이
이렇게 말하였다오,

“적은
밖에 있지 아니하였고
내 안에 있었다.

나는 나에게
거추장스러운 것은
모조리 깡그리
쓸어 버렸다!”

친구

"친구를 대할 때는
그가 훗날에
적이 될 수 있음을
항상
염두에 두어야 한다."

— 나폴레옹

"너의 적에게
알려서는 안 될 일이면
너의 친구에게도
말하지 말라."

— 쇼펜하우어

아아, 지난날
나의 친구야!

늑대의 울부짖음

옛적 고교 시절,
점심시간이 되어
반 학생들이 모두
도시락을 꺼내어
먹기 시작하면

한 학생만은
주린 배를 움켜쥐고
뒷산에 뛰어 올라가

멀리 시내를 바라보며
늑대처럼 울부짖었다.

"반드시 이루고야 말리라!"
"반드시 성공하고 말리라!"

늑대가 되어
울부짖었다,
목에 피가 나도록.

꽃뱀

꽃뱀에는
암컷과 수컷이
있지요.

암컷은
개인을 망치지만

수컷 꽃뱀은
나라를
엉망으로 만든다오.

고대 중국의 공자가
'대사구' 란 벼슬자리에 오른 지
7일 만에 처형해 버린
'소정묘' 는
수컷 꽃뱀이었다오.

꽃뱀은
자신이 꽃뱀인지
모르고 있다오!

극복

유사 이래, 세계에서
가장 넓은 땅을 지배하였던
몽골제국의 건국자
칭기즈칸은

아홉 살에 아버지를 잃고
마을에서 쫓겨 나와
그의 그림자 말고는
친구 하나 없이 외로웠고
들쥐와 풀뿌리를 먹고
연명하였으며, 배우지 못하여
자기 이름조차 쓰지 못하여
목숨을 건 전쟁이
그의 직업이었던 테무진,

목에 칼을 쓰고도
도망쳐 나왔으며

뺨에 화살을 맞아
죽었다 깨어나기도 했으나

그는 이를 탓하며
주저앉지 않고
모두 극복해 버렸다.

훗날 그는 이렇게 말하였다,
"나 자신을 극복하는 순간
나 테무진이 칭기즈칸이 되었노라."

실패와 성공

실패는
성공으로 가는 디딤돌입니다.
실패를 딛고 성공으로 갑니다.

발명왕 에디슨이
이렇게 말했습니다.

"나는
백열전구를 만들기 위해
9,999번 실패한 것이 아니라
9,999번 전구가 안 되는 이치를
발견하였을 뿐이라오."

"인생에 있어서
실패한 자 중 대다수는
성공을 목전에 두고도
포기한 자들이라오."

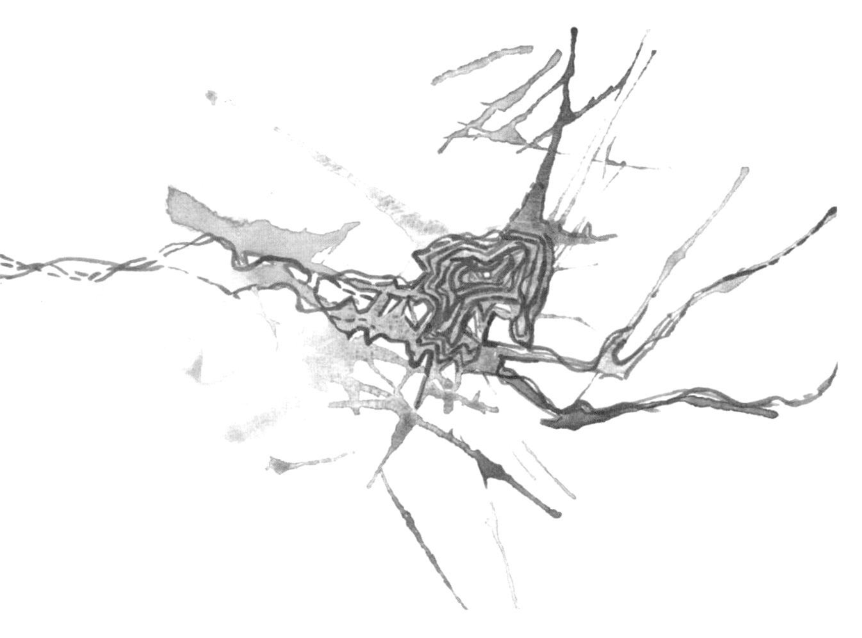

여기

여기가 어디인가.

절망하고 있을 땐
지옥이더니
극복하고 나니
낙원일세.

불만만 하고 있을 땐
지옥이더니
감사하며 지나니
낙원일세.

미워하는 마음 가득할 땐
지옥이더니
사랑하며 지나니
낙원일세.

아아,
낙원일세!

거산(巨山)

가는 구름 잡지 않고
오는 구름 막지 않는다.

흘러가는 계곡물 원망치 않고
오고 가는 계절도 탓하지 않는다.

봄날이 오면 봄날이 오는 대로
가을이 오면 가을이 오는 대로

쓸데없는 미련과 집착은 던져 버리고
풍상(風霜) 우설(雨雪)도 벗을 삼으며

오늘도
생긴 대로 의연(毅然)하게
굳건히 서 있다!

나이아가라 폭포수

대지를 품고
태양을 향하여
유유히 흘러오다가
깊은 낭떠러지 만나고는
우렁찬 함성과 함께
과감히 뛰어내려

이내 정신을 가다듬고
초지일관
태양을 향하여
도도히 흘러가는
그 굳세고 굳센
그 기개를 보았습니다.

대부지족(大富知足)

사람들은
소욕지족(小慾知足)
하라는데

나는
대부지족(大富知足)
하고 있습니다.

푸른 하늘의 저 눈부신 태양
밤하늘의 자비로운 저 밝은 달
반짝이는 저 수많은
별들

이 모두가 다
제 것이랍니다.

행복

어디에 행복이 있느냐고
나에게 묻지를 마라

찬바람 부는
이른 봄날 아침에

높은 나뭇가지 위로
오르락내리락 힘들어도
정답게 열심히

보금자리 만드는
암수 두 마리
까치들 바라보아라!

인생의 즐거움

인생을 즐기라 하기에
밖으로 뛰쳐나와

골프도 쳐 보고
술도 마셔 보고
이것저것 다 해 보아도

온 식구가 함께 둘러앉아
밥 먹는 즐거움보다
더 즐거운 것
아무것도 없더라!

가화만사성(家和萬事成)

어버이는 사랑하고
자식들은 효도하며

형은 우애 있고
동생은 공경하며

남편은 온화하고
아내는 유순하며

시어머니는 인자하고
며느리는 순종하니

그 어떤 어려움이
이 가정을
불행하게 만들 손가!

물구나무서기

물구나무를 서 보렴
물구나무를 서 보면
저 높은 하늘의 별들도
네 발밑에 있지!

물구나무를 서 보렴
물구나무를 서 보면
거대한 지구도
네 두 팔로
들어 올릴 수 있지!

거북이의 꿈

나는 거북이,
저 높은 언덕을 향하여
토끼와 경주를 하고 있다오.

토끼가 얼마나 빠른지를
나는 잘 알고 있지만요

나는 우승한다는 꿈보다
더 소중한 꿈을 갖고 있다오.

'나도 저 언덕에
오른다는 꿈'

이 꿈이 있기에
더디고 힘들지만
나는 마냥
즐겁기만 하다오!

자전거 타는 사람

나아가자 앞으로
멈추지 말고

나아가자 앞으로
멈추면 쓰러진다

나는
자전거 타는 사람!

'오로라' 와 행운

여기는 북위 62.5도
바깥 기온이 영하 32도의
캐나다 '오로라 빌리지.'

'오로라' 를 보기 위하여
세계 각지에서 모여든 관광객들이
두툼한 방한복을 입은 채
핫시트(Hot Seat)에 누워서
이불을 뒤집어쓰고
얼굴만 내어놓은 채
하늘을 올려다보며
장시간을 기다렸다.

드디어 나타났다.
녹색의 아름다운 '오로라' 가
춤을 추며 나타났다.

모두들 탄성을 내질렀다.
누군가가 좋아라 소리쳤다.
"우리나라에선
'오로라' 를 보고 나면
'행운' 이 온다고 합니다!"라고.

깨닫고 돌아가자.
'행운' 은 기회,
'오로라' 처럼 오는 것.
잡을 준비가 돼 있어야 한다는 걸.

등산(登山)

높이
올라갈수록

지나온 산봉우리는
점점 낮아 보이고

마음은 점점
거만해지나니

조심할지라

실족사(失足死)의 위험을!

에코(Echo)

높은 산 계곡에는
에코(Echo)가 살고 있답니다.

그래서
높은 산 위에 올라가서
큰 소리로

"야호" 하면
에코(Echo)도
"야호" 하고

"미워" 하면
또 따라서
"미워" 한답니다.

나는 생각합니다.
사람들 마음속에도
에코(Echo)가 살고 있다고.

승자의 교만

수탉 두 마리가
암탉 한 마리를 두고
서로 싸웠대요.

싸움에서 진 수탉은
고개 숙여 숨어 버리고

이긴 수탉은
높은 담장에 올라
"꼬끼오"
"꼬끼오" 하며
승리의 함성을
소리 높이 질렀대요.

이 소리를 듣고 어디선가
독수리 한 마리 날아오더니
그 수탉을 그만

낚아채 가버렸대요.

그래서 암탉은
싸움에서 진 수탉이
차지했다고 하네요.

같은 사람

남이 나에게 고함을 질러댄다고
나도 그와 같이 고함을 질러대면
나도 그와 같은 사람 된다오.

남이 나에게 욕을 해댄다고
나도 그와 같이 욕을 해대면
나도 그와 같은 사람 된다오.

비밀

한 남자가 밤에
이불 속에서
자기 마누라한테
이렇게 속삭였답니다.

"이것 아무한테도
이야기해서는 안 돼요.
내 절친한 친구가
아무에게도 이야기하면
안 된다고 했어.
내가 당신한테만
이야기하는 거야."

"알았어요.
무슨 이야기인데요?"

"왜 그거 있잖아,

여차여차하데.”

“어이구,
나는 무슨 이야기라고
나도 다 알고 있어요.
내 친구한테 들었어요.
아무한테도 말하지 말라던데.
그 이야기 마침 당신에게
말할 참이었어.”

악처(惡妻)와 양처(良妻)

악처로 유명한
'소크라테스'의 처가
하루는

자기 남편 '소크라테스'를
큰 소리로 꾸짖고는
남편의 정수로부터
물세례를 퍼붓자

남편 '소크라테스'는
태연히 이렇게 말했대요,
"우레가 치면 큰비가
오기 마련이지요."

'소크라테스'의 처는
악처가 아니라 양처였어요,
'소크라테스'를

더욱 유명하게
만들어 주었으니까요?

'소크라테스'는
악처를 양처로
만들기도 하였네요!

탁발승(托鉢僧)

아침마다
우리 아파트 베란다에는
비둘기가 날아옵니다.

날아와서는
우리가 내어놓은
물과 먹이를
맛있게 먹고 갑니다.

날아가면서는 우리 입에
기분 좋은 미소를 한입씩
넣어 주고 간답니다.

우리 집에는
매일 아침마다
탁발승이
다녀간답니다.

목적과 수단

오직
대통령이 되기 위한
한 가지 목적으로
이리 뛰고 저리 뛰며 나부대는
정치인이 있는 데 반하여

모든 국민을 위해 나라를 위해
올바른 정치를 펼쳐보고 싶어
그 수단으로
대통령을 하겠다는
아주 참신하고 능력 있는
젊은 정치인이 있습니다!

얼마나
다행한 일입니까!

웅변

웅변의 목적이 무엇인가요!

청중 앞에서 그냥
고래고래 고함지르고
삿대질하고 훌쩍훌쩍 뛴다고
목적을 달성할 수 있을까요?

가장 중요한 것은
그 연설의 내용입니다.

미국의 제17대 대통령
앤드루 존슨은
가난해서 초등학교도
나오지 못했습니다.
그는 대통령 후보 시절 유세장에서

"한 나라를 이끌고 나갈 대통령이

초등학교도 나오지 않았다니…” 하는
맹공격을 상대편으로부터 받았습니다.

존슨은 침착하게 조용히
이렇게 맞받았습니다.

“저는 예수 그리스도가
초등학교 다녔다는 말을
들어본 적이 없습니다.
예수님은 초등학교를
못 나오셨지만
전 세계를 구원의 길로
이끌고 계십니다.”

이 조용한 말 한마디로
상황이 역전되었습니다.
대통령에 당선되었습니다.

선출할 때

1. 지난날 어떻게 살아왔는지를 봅시다.
   그 사람 앞으로도 그렇게 살 것이니까요.

2. 군대를 갔다 왔는지를 봅시다.
   애국심과 책임감이 강해야지요.
   사관학교를 나왔으면 금상첨화입니다.

3. 과거 지역사회나 국가를 위해
   어떤 일을 했는지 알아봅시다.
   그 사람의 능력을 알 수 있지요.

4. 마지막으로 관상도 좀 봅시다.
   관상이 밉상이면 하는 짓도 그렇게 하고
   독하게 생긴 사람은 생각과 행동도 독하며
   웃음이 요상하면 요상한 짓을 합니다.

과거 삼성의 이병철 회장은
신입사원 뽑을 때 관상가를
꼭 옆에 두고 면접했다고 들었습니다.

뜬구름

파란 가을 하늘에
하얀 뜬구름들

흘러가누나.

앞서거니 뒤서거니
흘러만 가누나.

아아,
아름다운
뜬구름아,

어디서 왔다가
어디로 가는가.

아름답고 평온한
안양(安養)으로 가거라.

사람의 이름

자고로
'호랑이는 죽어서 가죽을 남기고
사람은 죽어서 이름을 남긴다' 라고
했습니다.

좋은 이름을 남기고 가는 사람
더러운 이름을 남기고 가는 사람
사람은 이름을 남기고 갑니다.

인생은 짧지만
남긴 이름은 역사와 함께
오래도록 남습니다.

이를테면
이렇게 남습니다.

"히틀러는 지하실에서

자기 권총으로 자결을 해서
그 시신을 밖으로 끄집어내어
기름을 부어 태웠는데
기름이 부족해
다 타지 않았다" 라고.

3장

사랑

빅토리아 여왕과 앨버트

해가 지지 않는 대영제국을
60년간 통치한
'빅토리아' 여왕의 남편은
'앨버트' 공이었다.

결혼 초기 하루는
'앨버트' 공이 뿔이 나서
자기 방에 들어가
문을 잠그고 있었다.

여왕이 다가가서 문을 두들기며
문을 열어달라 했더니 안에서
"누구요?" 하기에
여왕이 이렇게 대답했다.
"영국 여왕입니다."

문은 열리지 아니 하였고

몇 번이고 노크해도 소용이 없자
여왕이 부드러운 목소리로
애원을 했다. 또 하는 소리가
"누구요?"

이제는 여왕이
상냥하게 대답했다.
"당신의 아내이에요. 앨버트."

사르르르, 문이 열렸다.

세기적(世紀的) 사랑

영국의 국왕 '조지 5세' 가 서거하자
그의 장남 '에드워드 8세' 가
왕위에 오르게 되었다네

그런데,
'에드워드 8세' 에게는
사랑하는 애인이 있었다네
'심프슨' 이란 이름의 부인으로서
두 번 이혼한 미국 여성이었다네

그래서 이 부인은 왕비로서는
부적합하다는 점이 부각되어

'에드워드 8세' 는 마침내
사랑을 버리느냐,
왕위를 버리느냐의
양자택일의 기로에 섰었다네

대영제국의 왕자는
과연
어느 쪽을 버리고
어느 쪽을 택하였을까요?!

아아, 이 멋쟁이 왕자는
왕위를 버리고
사랑을 택하였다네!

여인의 마음

옛날 옛적 고대 그리스의
미(美)의 여신(女神), '아프로디테'는
자기를 사랑해 주는 남편
전쟁의 신 '아레스' 보다
자기 자신이 사랑하는
미소년(美少年) '아도니스'를
끔찍이 사랑했대요.

참다못한 남편 '아레스'가
멧돼지로 변신하여
사냥 나온 '아도니스'를
물어 죽여 버렸대요.

아아, 얄궂은
여인의 마음!

당신은 알고 있겠지

자기의 왕비를 즐겁게 해 주기 위해
세계 7대 불가사의인
'공중정원' 을 만들어 준
'신바빌로니아' 의 왕보다

자기의 왕비를 위해
이슬람교 묘당인
'타지마할' 을 세워 준
인도의 무굴제국의 5대 황제
샤자한보다

사랑하는 마음만은
당신을 사랑하는 내 마음이
훨씬 더 붉다는
사실

당신은
알고 있겠지.

우미인(虞美人)과 항우(項羽)

천하를 둔 항우와 유방과의 싸움에서
항우가 병력과 군량미가 적은 상태로
해하(垓下)에서 진을 치고 있을 때
한밤에 사면(四面)에서 들려오는
초가(楚歌)에 놀라 깨어나
술잔을 들고 눈물지으며
해하가를 불렀다.

"역발산혜기개세(力拔山兮氣蓋世)
시불리혜추불서(時不利兮騅不逝)
추불서혜가나하(騅不逝兮可奈何)
우혜우혜나약하(虞兮虞兮奈若何)"

"힘은 산을 뽑아내고
기세는 세상을 뒤엎는데
때가 불리하여
충성스러운 애마 추가 가지 않는구나.

추가 가지 아니하니 이를 어찌할꼬
사랑하는 우미인이여 우미인이여
그대를 어찌할꼬!"

우미인도 눈물지으며
같이 따라 부르다가
우미인이 그만 그 자리에서
자기의 목을 칼로 찔러
자결해 버렸다!

항우는 패잔병 20여 기와 함께
오강 나루터까지 쫓겨 가서
애마 추까지 모두를 배에 태워
초나라로 보내 놓고 나서
자신은 돌아서서 단신으로
현상금이 붙어 있어
끝까지 추격해 왔으나 겁이 나서

머뭇거리는 자신의 옛 부하 앞에서
내 목을 가지고 가서
현상금을 타라면서
그들의 면전에서
자신의 목을 쳐서 자결했다.
그때 항우의 나이 31세였다.

내 사랑

정겨운 눈빛으로
잔잔히 웃음 짓는
저 여인의 미소를
좀 보세요.

온화하고 지성적인
저 여인의 말소릴
좀 들어 보세요.

부드럽고 자비로운
저 여인의 모성(母性)도
좀 보세요.

그러나 모두가
내 사랑만
못하네요!

클레오파트라의 탄생과 교육

1. 탄생

　　알렉산더가 병사한 뒤

　　이집트를 지배해 온 알렉산더의 부하

　　포톨마이오스 12세의

　　알렉산드리아의 호화 별채에서

　　BC 69년~68년 사이

　　한 여아가 태어났으니

　　그 아이는 '클레오파트라' 라고 하는

　　그리스식 이름을 받았다.

2. 교육

　　클레오파트라는 어린 시절을

　　왕가 규방에서 보낸 후

　　파라오의 딸들에게 행해져 온

　　교육을 받기 시작했다.

폭넓은 지식과 일반교양을 중시했다.

문예 과목이 큰 비중을 차지했으며
그래서 독서는 필수였다.
수사학, 과학, 천문학, 그림 그리는 법과
야만적인 나라 통치에 필요한 체육 과목,
특히 말타기를 잘했다.

지적인 자질이 뛰어나서
특히 외국어 실력은 뛰어나
에티오피아어, 아랍어, 히브리어,
시리아어, 메디아어, 파루티아 등
이루 헤아릴 수 없을 정도로
많은 외국어를 구사할 수 있었다.

또한 학문에 대단히 많은 관심을
가지고 있었고
당대의 석학들을 존경하고 따랐다.

클레오파트라의 매력

'디오카시우스'는 말했다,
"그녀의 미모와 목소리 모두가
너무나 세련되고 매력적이어서
이 세상에서 사랑을 거부하는 자의
마음도 정복할 수 있었다. 심지어
나이 들어 목석이 된 사람까지도"라고.
또 '플루타르크'는 이렇게 말했다,
"그녀의 미모 자체는
그렇게 특별하지 않았으나
이상하게도 대단한 매력을 지녔었다.
그녀가 말을 할 때 특히 잘 드러났다.
그녀의 목소리는 매우 다정하여
그녀가 말을 할 때면 어느 누구도
귀를 기울이지 않을 수 없었으며
그녀의 매력에서 벗어날 수 없었다.
드러나는 우아한 모습과 부드러운
친절함이 정곡을 찔렀다"라고.

농담을 좋아하는 그녀가 던지는
무례에 가까운 농담에도
재치가 넘쳤고 깊이가 있었다.

그녀가 애용한 장신구와 머리 모양
머리핀, 진주 목걸이와 귀고리 등은
그녀가 입은 드레스와 멋지게 어우러져
그녀를 더욱 돋보이게 했다.

18세의 여왕

BC 51년 '포틀레마이오스 12세'가 죽었다.
그는 그의 장녀인 '클레오파트라'와
그의 장남인 '프틀레마이오스 13세에게
왕위를 물러줄 것을 유언한 뒤 죽었다.
라지드법에 따라
18세 클레오파트라는 10세를 갓 넘은
동생과 형식적인 결혼을 하여
클레오파트라가
이집트 통치의 전권을 부여받았다.
이리하여
이집트 남부와 북부 전역을 통치하는
'두 땅의 여왕'이 되었다.

이 매력적이고 야심만만한 여왕은
로마의 영웅 카이사르와 안토니우스와의
역사적이고 열정적인 사랑을 통하여
세계열강으로부터 이집트를 지켜냈으며

로마의 조롱거리가 되길 거부했고
항상 위엄을 잃지 않았다.
죽는 순간에도 왕관을 바로 쓰고
피 한 방울 흘림 없이 깨끗하게
잠든 듯이 갔다.

시신은 유서대로
안토니우스 묘 곁에 묻혔다.
이때 여왕의 나이 38세.
이집트는 로마의 속주가 되어 버렸다.

바보가 될래요

나는
'바보' 가 될래요,

'바' 라보면 볼수록 더욱
'보' 고 싶은 사람.
'바보'
나는 당신의
'바보' 가 될래요.

사랑하는 사람이여,

우리 서로 바라보면서
웃고 또 웃으며 살아가요.

언제까지나, 언제까지나.

모성(母性)

당신은 나의 클레오파트라,
나는 당신의 포로가 되었다오.

당신의 미모 때문이 아니며
당신의 그 교양있고 지성적인
달콤한 목소리 때문도 아니라오.

당신이 말하고 움직일 때마다
당신의 몸에서 뿜어져 나오는
그 진한 모성(母性) 때문에

나는 당신 앞에
무릎을 꿇고 말았다오.

신혼

춘설이 하얗게 내린 뒤
파아란 아침 하늘 아래

당신은
빨간 설중매요

나는
당신 옆에 날아와 앉아
사랑과 행복에 취해
신나게 노래하는
참스러운 젊은 까치였지.

아아, 사방은 온통
서기로 빛났었고
나는 황홀했었지!

산타 어머니

젖꼭지 물고
오물거리며
빤히 쳐다보는
아기를 보듬어 안고

웃음 지으며
내려보는

아아,
당신의 이름은

산타 어머니!

축복

이 세상에 무엇이
요렇게 예쁠까!

이 세상에 무엇이
요렇게 눈부실까!

"깍고"
"깍고" 하며 어르면
"까르르"
"까르르" 웃음 주는
어이구, 귀한 내 새끼!

"도리"
"도리"
"도리"
"쥠 쥠"
"쥠 쥠"

"건강하게 자라나거라!"
"훌륭하게 자라나거라!"

예쁜 꽃 볼 때마다

다소곳이 피어나는
예쁜 꽃처럼

당신도 고왔던
그때 있었네.

예쁜 꽃 볼 때마다
당신을 생각하네.

당신을 사랑하네.
당신을 사랑하네.

여자가 오래 사는 이유

채소 다듬고 음식 만들고
밥상 차리고 설거지하고
청소하고 빨래하고
아이들 돌보느라
하루 종일 쉼 없이 일하는
안쓰러운 나의 아내여,

내 그대에게만
가만히 말하리다,

부지런히 손 놀리는 그것이
여자가 남자보다 오래 사는
이유라 하네 그려.

안쓰러운 아내여,
사랑하는 아내여,
오래오래 사시게!

건강하게 건강하게
오래오래 사시게!

붕어빵

이용수 제5시집

모임에 갔다가 서둘러 왔건만
전철 타고 버스 타고 오다 보니
가을 해가 벌써 지고 있었다.

하루 종일 방안에서 혼자
텔레비전만 보고 있을
할아버지를 생각하면서
할머니는 아파트 앞에서
붕어빵 몇 개를 샀다.

붕어빵은 가방 속에 넣고
행복감은 가슴에 품고서
걸음을 재촉했다.

깊어진 사랑

처음엔 당신을
사모했어요.

이제는 당신을
존경한답니다.

당신이 날
존경하듯이.

휴대폰

꼭 묻는다, "거기 어디세요?"
친구 모임에 있을 때도
화장실에 있을 때도
꼭 묻는다, "거기 어디세요?"

하는 수 없이
거짓말을 할 때가 있다.

한 번은 내가 물었다,
"여보, 거기 어디야?"
"아파트 정문 앞이에요."
뒤돌아보니 저 멀리서
늙은 아내가
노랑 눈 펭귄처럼
뒤뚱뒤뚱 걸어오고 있었다.

아름다운

저녁놀 한 아름씩 안고서
서로 웃으며 손을 흔들었다.

저승에 갈 때에도
휴대폰 하나만은 꼭
가지고 가야 하겠다.

할미꽃

빨그레한 할미꽃 한 송이
우리 방에 피어났네

조용히 고개 숙인 채
아름답게 피어있네

국화보다 더 아름답네
장미보다 더 아름답네

안쓰러워 더 아름답네
안타까워 더 아름답네

어려웠던 지난날 생각에
눈시울 뜨거워지는

오오, 내 사랑
할미꽃!

흰 백합화

꽃은 알고 있었습니다,
자신의 운명을.
그러나 사는 날까지 곱게
곱게 살다 갔습니다.

꽃은 알고 있었습니다,
자신의 운명을
그러나 사는 날까지 남을 즐겁게
웃으며 살다 갔습니다.

자태는 우아하고
말소린 청아하였으며
숨결은 향기로웠습니다.

아아, 내 사랑
흰 백합화!

그리움

지나온 산전수전(山戰水戰)
극복해 낸 고초만상(苦楚萬狀)
생각이 날 때면

사무치게
그리워진다,
그때 그 사람!

눈물을 감추며
내 손을 잡으며
힘내자 하시던

그때 그 사람!

아아,
어딜 가셨나
그때 그 사람!

이 몸이 죽어가서

‘이 몸이 죽어가서
무엇이 될꼬 하니’

하늘나라 올라가서
먼저 가신 내 임을 다시 만나

알콩달콩
영원히 살리라!

정릉계곡

나는 잊지 못하네
정릉계곡을

우리 사랑 처음 만나
데이트한 곳

함께 걸어가며 손 한 번 못 잡고
들꽃 꺾어 머리에
꽂아주었던 곳

흐르는 맑은 물에
함께 발을 담그고
애태우던 곳

잊지 못하네

어디선가

암수 두 마리 늑대 내려와
우릴 한참을 멀거니
바라보다 가버린 곳

그곳

잊지 못하네!

4장

우리나라와 우리 육사

UN과 대한민국

1945년 8월 15일, 우리나라가 해방되어
1945년 12월에 구성된 '미소공동위원회' 가
1947년 10월에 결렬되자 미국이
우리나라 문제를 UN에 상정하였습니다.
UN에서 미국의 '총선거' 안과
소련의 '외국군의 동시 철수' 안이
대립하였으나 결국
'UN 감시하의 총선거' 를 결정하였습니다.
그럼에도 소련군은
UN 감시단의 북한 입국을 거부하여
1948년 5월 10일 남한만의 총선거 감행,
198명의 국회의원을 선출하였습니다.

1948년 5월 31일 제헌국회를 구성하여
1948년 7월 17일 새 공화국 '헌법' 제정,
1948년 8월 15일 '대한민국' 정부수립을
선언하였습니다. 이로써

해방 후 3년간의 '미군정' 이 종식되었습니다.

1950년 6월 25일 북한이 남침함에

UN 안전보장의사회 결의로

22개국의 UN군이 참전하였고

1953년 7월 27일에 정전하였습니다.

이로써

UN군 22개국 병력들은 자국으로

철군하고 UNC(유엔군사령부)만 남아

판문점에서 정전협정 위반 여부를 감시하며

휴전선 155마일을 방어하고 있습니다.

고마운 UN군

공산군의 침략 앞에서 우리가
피를 뿌리며 싸우던 날,

지구의 저 먼 곳으로부터
이름도 생소한 가난한 대한민국으로
급히 날아와서

목숨 걸고
우리를 구하여 주었네!
자유를 지켜 주었네!

아아, 고마워라,
참전 22개국!

미국, 영국, 캐나다, 호주
튀르키예, 필리핀, 태국, 네덜란드
콜롬비아, 그리스, 뉴질랜드

에티오피아, 벨기에, 프랑스
남아연방, 룩셈부르크
노르웨이, 인도, 덴마크
스웨덴, 이탈리아, 독일

어이 잊으리오,
그 이름!

길이길이 빛나거라,
그 이름!

현충사(顯忠祠)

들립니다, 국군묘지에 오면.
날아 오가는 총탄의 소리,
쏟아져 내려 터지는
포탄의 폭발음!

누가 겁나지 않겠습니까!
누가 목숨 아깝지 않겠습니까!

그 무서운 탄우(彈雨) 속에서
용감했던 우리 호국영령님들,
살았으면 큰 사람 되셨을,
어머니의 귀한 아들들,
그 귀한 목숨 바쳐
조국을 지켜주셨습니다!
자유를 지켜주셨습니다!

임들의 희생으로

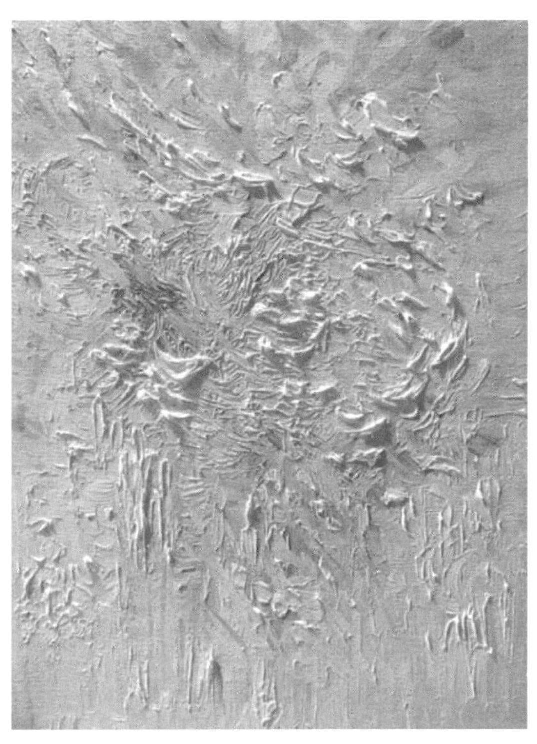

오늘의 우리가 번영함이라
숙연히 고개를 숙입니다.

임들이시여, 영원히
조국의 수호신이 되시어
조국의 자유와 번영
길이길이 지켜주소서!

거수경례

고개는 숙이지 아니한다.
존경할 때도
복종할 때도
고개는 숙이지 아니한다.

고개 숙여 아첨하지 아니한다.
고개 숙여 비굴하지 아니한다.
고개 숙여 속이지 아니한다.

하늘보다 높은 사람 앞에서도
범보다 무서운 사람 앞에서도
고개는 숙이지 아니한다.

승자(勝者)도 패자(敗者)도
고개는 숙이지 아니한다.

빈곤에 시달려도

죽음 앞에 직면해도
고개는 숙이지 아니한다.

오직
조국을 위해
임무를 위해
목숨을 바칠 뿐.

오, 고절(高絶)한 군인의 멋이여!

조국 수호 발전에 그대들이 있었구나!
난국(亂局)이 매섭게 온다 해도
그대들이 있구나!

지인용(智仁勇)

육사(陸士)의 교훈
지인용(智仁勇)은
필승의 지혜이다.

지(智):
많이 배우고 많이 생각하여
많은 지혜를 터득하여
싸움에 임해서는
지혜롭게 싸워
반드시 크게 대승하라,
살수대첩의 을지문덕 장군처럼.
명량대첩의 이순신 장군처럼.

인(仁):
부하를 한 가족처럼 사랑하라.
국가와 국민을 사수하라.
포로와 민간인에게는

자비를 베풀라.
공은 부하에게로
책임은 자기에게로
명예는 상관에게로 돌려라.
부하의 고마움을 아는
상관이 되라.

용(勇):
만용(蠻勇)은 삼가라.
진용(眞勇)은
우세한 전력과 지혜,
자신감에서 나온다.
한 번 싸울 땐 적을
하늘과 땅, 여러 방향에서
위쪽에서 아래쪽으로
물 밀듯이 무섭게
맹렬히 쳐 내려가

적을 단숨에
섬멸해 버리라!

반드시, 반드시
크게 이겨라!

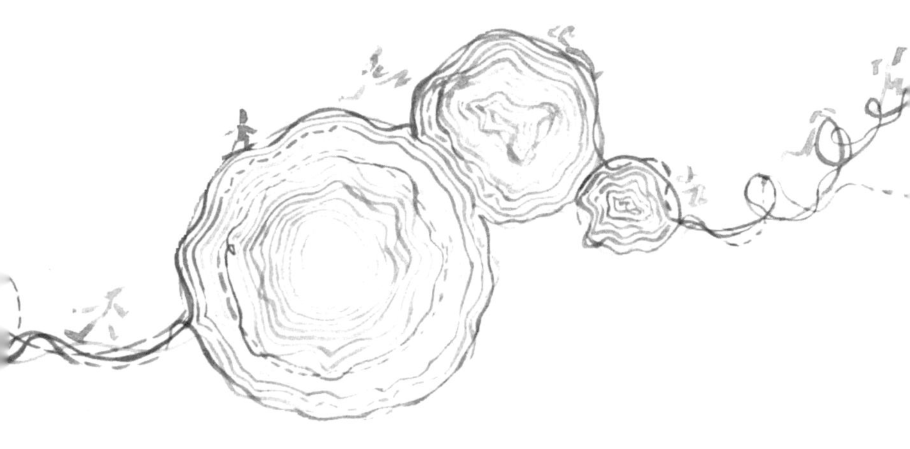

士官生徒의 信條

1. 나는 國利民福을 爲해서 언제든지 生命을 바친다.
2. 나는 賦與된 任務와 責任에 對해서 死力을 다하여 期必 完遂한다.
3. 나는 危機를 만날 때마다 陸士의 傳統과 命譽를 살려 男兒다운 決斷을 내린다.
4. 나는 抑强扶弱하고 破邪顯正의 길을 擇한다.
5. 나는 小我를 버리고 大義를 爲해 싸운다.
6. 나는 義理와 志操를 끝까지 지킨다.
7. 나는 새로운 것을 探究하고 實踐第一主義로서 나의 길은 내가 開拓한다.
8. 나는 儉朴하고 恒常 部下의 福祉를 爲해 勞力한다.
9. 나는 戰場에서 勝利를 爲해 恒常 前進한다.
10. 나는 國民과 部下로부터 信賴를 받아야 하며 훌륭한 軍人이 될 수 있는 雅量과 忍耐心을 갖는다.

아아, 우리 육사(陸士)

우리 육군사관학교는
우리나라의 굳세고 훌륭한
간성(干城)이요 동량(棟梁)을 길러내는
배움의 전당(殿堂)이요 용광로다.

전국 각지에서 모여든 수재들이
엄격한 규율과 강한 교육훈련으로
지인용(智仁勇)과 사관생도 신조(信條)를
마음과 몸에 깊이 익혀
국가와 국민을 위하여 신명(身命)을 바치는
백절불굴(百折不屈)의 용사가 된다.

이 용사들이 군의 간부가 되어
불철주야 나라와 국민을 지키며
전장에 임해서는 신명을 바쳐 싸워
기필코 대승한다.

전역 후에는
정부의 장차관, 국회의원, 교수, 학장,
연구기관을 비롯한 여러 국가유관기관에서
국가에 공헌하여 빛나는 업적을 남긴다.

*육사 2기생인 박정희 대통령은
* ‘우리도 한 번 잘 살아보세’ 라는 구호 아래
*경제개발 5개년계획을 수립 시행하여
*1953년에 국민소득 57달러로서
*세계 10대 최빈국이었던 우리나라가
오늘날
자주포, 전차, 경공격기 등을 수출하는
*세계 9위권의 무기 수출국이 된
* ‘한강의 기적’ 을 일구어냈다.

* ‘자조, 근면, 협동(自助勤勉協同)’ 의 기치 높이 들고
* ‘새마을 운동’ 을 강행하여
*사람들의 나태한 정신을 개조하고
*낙후된 농촌 환경을 확연히 개선했다.

*구불구불한 농토를 반듯반듯하게 개조하고

마을 진입로와 농로를 확장했고
초가의 지붕을 슬레이트 지붕으로 바꾸고
나무를 때는 아궁이를 연탄아궁이로
개조하여 붉은 산 녹화에 진력했다.
전기와 전화기를 설치했다.
농업기술의 보급과
공동작업장의 운영 등을 통하여
농가 소득을 획기적으로 높였다.

이 '새마을 운동' 정신이
*경제개발 5개년계획 실시에도
촉진제가 되어
경제발전이 더욱 향상되었다.

이 * '새마을 운동' 은
세계가 그 가치를 인정하여
*UNESCO 세계 기록으로
등재되어 있다.

*그런데 불행하게도
1979년에 이란의 혁명으로

제2차 오일쇼크(1979~1980)가 왔다.

*제1차 오일쇼크 때는
고유가로 *부자가 된 중동에
우리나라 근로자들이 가서
고속도로를 건설하는 등을 통해
오일머니를 끌어모아 오는
*중동 붐으로 역전시켰지만

이번은 달랐다.
*국제유가가 폭등하고
*환율이 높게 오르는 바람에
외국에 빚이 많은 기업들은
고환율에 시달리고
*물가가 하루가 다르게 올라
사람들은 은행에서 돈을 찾아서
사재기를 계속하여 상품이 귀해지고
물가는 더욱 오르고
은행의 돈은 고갈되어
*경제가 IMF 직전에 와 있었다.
*1980년 소비자물가 상승률이 27.6%,

경제성장률은 -2.1%로 악화되었다.

*이러한 1980년 8월 21일에
*육사 11기생인 전두환 장군이
*제11대 대통령으로 취임했다.

1) 전두환 대통령은 먼저 물가를 안정시켰다.
임기 중 100원짜리 김치 라면의 값이
10원도 오르지 않았다 함.

2) 제2차 오일쇼크로
나라 경제가 매우 어려운 가운데도
*국제올림픽대회를 유치하기 위해
팔을 걷어붙여 결국 성공했다.

모두들 혀를 차며 말했다.
"무슨 돈으로 치르겠다는 건가?
"육사 생도 시절 축구선수였다더니
석두야, 석두!"

*1981년 1월 20일

레이건이 미국 대통령으로 취임했다.

*전두환 대통령이
초대 연합군 사령관 베시 대장에게
간곡히 부탁하여
레이건이 대통령을
취임한 지 불과 13일 만에
외국 정상 중 가장 먼저 만났다.

*"각하, 저는 각하를 도와드리고 싶어
뵙기를 청하였습니다."

"미국 캘리포니아 연간 GNP가 얼마인지 아십니까."

"제가 알아봤더니 연간 800억 달러입니다.
한국은 600억 달러입니다."

"일본은 1조 1,600억 달러,
한국의 20배입니다."

"대한민국은 보잘것없는 GNP에서

매년 6%를 떼어내서
공산 세력과 싸우고 있습니다.
경제가 거의 파탄 날 지경입니다.
반면, 일본은 GNP의 0.009%만
방위비로 사용하고 있습니다.”

*“저는 미국의 돈을 달라 하지 않습니다.
일본 돈을 제게 주십시오.
그 돈으로 미국으로부터 전투기도 사고
탱크도 사겠습니다.”

*레이건 얼굴에 희색이 돌았다.
“얼마나 필요한가요?”

*“일단 일본에 각하의 뜻만 전하십시오.
액수는 실무진에서 정하겠습니다.”

*2개월 후인 1981년 4월 22일에
전두환 대통령은 일본 스즈키 수상에게
100억 달러의 청구서를 냈다.

*일본 측이 놀라 경기를 일으켰다.

*이듬해인 1982년 1월 27일에
나카소네가 일본 수상에 올랐다.
관례에 따라 서둘러 레이건을 만났다.

*그리고 1년 후인 1983년 1월 11일에
나카소네가 한일정상회담을 제안해 와
나카소네가 방한해 2차례 정상회담을 했다.

*나카소네가 말했다.
"제가 60억 달러는 마련해 보려고 했는데
60억 달러를 마련하려면 제 위치가
흔들릴 것 같아서
최대한 40억 달러 가지고 왔습니다.
수용해 주시면 감사하겠습니다."

*18년 전 1965년에 박정희 대통령이 받아낸
8억 달러의 5배가 되는 돈이다.

*나카소네는 전두환 대통령보다 13년 연상이다.

이후 이 둘은 친구처럼, 형제처럼 지냈으며
전 대통령이 사인(私人)이 된 후에는
레이건도 나카소네도 각기 전 대통령을 초청하여
융숭한 대접을 해 주었다 한다.

*아, 이러한 대통령이 또 어디 있겠나!
이야말로 지인용(智仁勇)의 본보기가 아닌가!

3) 한강은 서울의 취수원이다.
1965년 서울의 인구가 350만 명이었던 것이
1000만 명으로 늘어났는데
취수원 한강은 날이 갈수록 오염이 심화되었다.
공장폐수, 축산폐수, 인분 등이 유입되었다.
가뭄이 들면 바닥이 드러나 악취가 진동하고
홍수가 나면 논과 밭이 쓸려갔다.

*전두환 대통령은
일본서 받은 40억 달러 가운데 10억 달러를
투자하여 악취가 진동하던 한강을
아름다운 예술 작품으로 만들어 놓았다.

*한강 연안을 따라 54.6km를 초대형
콘크리트관을 묻어 한강으로 유입되는
모든 오폐수를 통과시켜 중랑, 탄천, 안양,
난지에 있는 하수처리장에 보내 정화시켰다.

*210만 평의 고수부지를 만들고 그 위에
유원지, 낚시터, 자연학습장, 주차장, 산책로
자전거도로 등을 조성하고

*강에는 유람선을 띄우게 했다.

*수중보를 설치해 한강을 홍수도 가뭄도 없는
평균 폭 1km의 기나긴 호수로 가꾸었다.

*'88올림픽도로로 명명된 한강변 남로와 북로를
건설하고 많은 교량을 건설했다.

*중랑천도 개발해서
그 양쪽을 달리는 중부간선도로를 건설했다.

4) 전두환 대통령은

일본에서 받은 돈으로
'88서울올림픽 준비를 철저히 했다.

*방대한 올림픽촌과 올림픽 공원,
체육촌을 건설하고

*1978년에 착공한 지하철 1호선을 완공하고
지하철 2호선과 3, 4호선을 건설하였고
부산 1호선도 건설했다.

*광주 대구간 '88고속도로를 건설했다.

*'88서울올림픽은 대한민국이 6.25 전쟁으로
폐허가 된 상처를 딛고 일어선 '한강의 기적'을
전 세계에 알리는 역사적 계기가 되었고

*또한, 세계가 이념 갈등으로
1980년 모스크바와 1984년 로스앤젤레스
올림픽이 반쪽짜리였는데 반하여 12년 만에
전 세계 160개국 13,626명의 선수가 참가한
이념 갈등을 넘어선 화합의 장이 됨으로써

*이 '88서울올림픽은 단순한 스포츠 행사를
넘어, 경제, 외교, 사회 전 분야에 걸쳐
비약적인 성장을 이끌어 낸 행사가 되었다.

*이 대회에서 우리나라는
금메달 12개, 은메달 10개, 동메달 11개를 따서
종합 순위 4위라는 역대 최고의 성적도 거두었다.

*이 '88서울올림픽을 계기로 공산권 및 비동맹국과
교류가 활발해져 북방외교의 기틀이 마련되어
소련, 중국 등과의 수교로도 이어졌다.

*또 약 4조 7000억 불 규모의 생산 유발과
1조 8000억 원의 부가가치를 창출했으며

*한국상품의 브랜드 가치가 상승하여
수출시장이 확대되었고 건설, 관광, 제조
서비스업 등 산업 전반이 성장했다.

*한강개발사업과 도로망 확충
잠실 스포츠콤플렉스 건설 등으로

서울의 도시 기반 시설이
현대적으로 재편되었으며

*자원봉사 문화가 처음으로 정착되고
국민들이
글로벌마인드와 자신감을 갖게 되었다.

5) 오늘날 현재
*독자적 핵연료봉과 원자로를 보유한 나라는
*미국, 한국, 중국, 러시아 4개국뿐이다.

*한국형 원자로는 외화벌이 수단임과 동시
한국의 위상을 높이는 외교 수단이기도 한데
당시 원자로의 독자 모델을 개발한다는 것은
불가능한 것이었다.
*이 불가능을 가능으로 바꾸어 놓은 사람이
전두환 대통령이었다.

*1983년 7월 전두환 대통령은
한전, 에너지연구소, 원자력연료연구소,
한국중공업 등을 망라하여 상시 회의체인

'원자력기술자립촉진대책회의'를 가동시켰다.

*이후, 한필순 박사가 주도하는 팀에서
중수로 연료 국산화에 쾌거를 올렸다.

*전두환 대통령이 한 박사를 찾아가 말했다.
"적극 지원할 테니 경수로를 국산화하시오."

*전두환 대통령이 한필순 박사를
대덕공학센터장과 핵연료주식회사 사장으로 겸임시
켰다.

*1983년 경수로 연료가 완전 국산화 되었다.

*1984년 한 박사를 청와대로 불렀다.
"한 박사, 한국형 독자 원자로, 누구의 간섭도
받지 않는 독자기술로 만들 수 없소?"
*"각하, 그건 좀."

*"이보게 한 박사, 포항의 모래밭에 포항제철소는
누가 건설했소?"

*"그거야 박태준 회장이 박정희 대통령 각하의
지원으로 건설했습죠."

*"포항제철도 맨땅에 헤딩해서 건설했으면
원자로도 맨땅에 헤딩하면 개발할 수 있는 것 아니오."

*한 박사가 할 말을 잃었다.

*"한 박사가 박태준이 되든지 박태준을
구해 보든지 하시오. 얼마면 되겠소?"

10년도 거짓말인데, 어느 안전이라고…
*"5년만 주세요."

*"알겠소. 적극 지원하겠소. 가보세요."

*사무실에 돌아온 한 박사는 며칠간
식음을 전폐하고 얼굴에 노랑병이 걸렸다.

주위에서 수군거렸다.
*선임연구원인 이병령 박사가 물었다.

자초지종을 들은 이 박사가 말했다.
*"에이 소장님, 아 그까짓 거 가지고
웬 고민을 그렇게 하십니까. 그 사람들도 했는데
우리라고 왜 못합니까. 제가 앞장서겠습니다."

*1985년 7월
이 박사가 과학자 70여 명과 함께
하청업체로 선정한 설계기술을 가진
미국 CE로 가서 원자로 설계를 함께 해냈다.

*이것이 한국형 원자로가 되었고
이 기술로 영광 3, 4호기, 이어서
울진 3, 4호기가 건설되었다.

6) 1988년 2월 15일에
서울예술의전당을 설립 개관했다
1986년 아시안 게임, '88서울올림픽 등
주요 국제행사를 대비하여 걸맞는
세계적인 문화시설을 제공한다는 목표 아래
우면산 자락 3만 6천 5백여 평의 대지 위에
자연환경과 어울리게 아름답게 지어진

아시아 최고의 문화예술 복합단지다.

7) 1981년에 처음으로
전세 입주자의 전세 보증금을 보호해 주는
‘주택임대차보호법’ 을 제정 시행했다.

8) 1982년에 37년간 실시해 오던
‘야간통행금지시간’ 을 폐지했다.

9) 1980년에 연좌제를 폐지했다

10) 1982년 3월 27일에
‘프로야구 경기’ 를 창시하여
전두환 대통령이 시구를 던졌다.

11) 1983년에 교복제도를 폐지시켰다.

12) 헌법 제10조에 모든 국민의
* ‘행복 추구권’ 을 삽입했다. 이로써
국가가 국민의 삶을 특정 방향으로
강요하는 것이 아니라

장발을 하든 단발을 하든
흡연을 하든 혐연을 하든
각자가 생각하는 행복을 위하여
스스로 선택해서 행동할 수 있게 하며
방음 등 그 권한을 침해당하지 않도록
국가가 그 의무를 지게 되었다.

13) 1988년, 의료보험제도를
농어촌 지역까지 확대 시행했다.

14) '대통령의 임기를 5년 단임제로 하고
그 선출을 국민 직선제' 로 하는
개헌을 실시 이를 실천했다.

*누가 말했든가
"KOREA에서 민주주의를 보기란
쓰레기 더미에서 장미를 보는 거와 같다" 라고.
*전두환 대통령이
쓰레기 더미 옥토가 된 그 위에
최초로 장미 한 그루 심었다.

1) 사상 최초로 실시한 직선제 대통령 선거에서
*육사 11기생인 노태우 장군이
*36.6%의 득표율을 얻어
28%를 얻은 김영삼
27%를 얻은 김대중을 누르고
*13대 대통령으로 당선되었다.

2) 노태우 대통령은
1989년에 의료보험제도를
도시 자영업자까지 포함 실시하여
전 국민이 의료보험을 실시하게 되었다.

3) 1992년에 인천국제공항 건설을 착공하고
4) 1992년 6월엔 경부고속철도 KTX 착공하였고
5) 1990년엔 서해안고속도로를 착공하였다.

6) 분당, 일산 신도시를 건설했다.

7) 범죄와의 전쟁을 2년간 실시하여
강력범죄 발생률 5.8% 감소시켰다.

8) 북방외교를 활성화했다.
1989년에 헝가리, 폴란드
1990년에 구소련
1992년에 중국, 베트남과 수교했다.

9) 북한관계를 개선했다.
화해, 공존, 통일을 내용으로 한
남북기본합의서를 작성하고
유엔에 동시 가입했다.

10) 1994년에 '평시작전권'을 환수했다.

**역대 대통령들의 재임 기간 중
연평균 경제성장률을 보면
1~3대 이승만 6.1%
5~9대 박정희 10.6%
11.12대 전두환 10.07%
13대 노태우 9.06%
14대 김영삼 7.9%
15대 김대중 5.62%
16대 노무현 4.74%

17대 이명박 3.34%
18대 박근혜 3.02%
19대 문재인 2.34%이다.

*포항제철소를 건설한
박태준 회장은 *육사 6기생이고

*주월사령관 채명신 장군은
*육사 5기생이며

* ’88서울올림픽 조직위원장
박세직 장군은 *육사 12기생이다.

*아아, 우리 육사!
이제도 앞에도 한결같아라.
온 누리 소리 모아 부른다.
온 누리 소리 높이 부른다.

李　　龍　　洙

　붉으스레한 얼굴빛이 그의 潛在된 情熱을 나타내고 있는지도 몰랐다 잠자는 사자라고나할까 말수가 적은 그였지만 한번 演壇에 올라 웨치는 雄辯은 全生徒의 갈채와 共鳴을 한몸에 받아드려 榮光의 入場까지 하기도 했다

　잘 웃으면서도 때때로 深刻해지는 버릇이 있었다 그러한 그에게는 한때 럭비선수의 판록도 있었지만 最高 學年이 되자 남모를 想念에 잠긴듯 남의 눈에 안띄었다 그것은 自己生活에 더욱 充實해져 갔기때문이었으리라 남앞에서 나를 내세우는 일이 없는 그는 누구에게나 겸손으로 對해주곤 했다

육사 졸업 앨범에서

명예위원회 위원 (오른쪽에서 4번째 생도)

오른쪽 생도

노획품을 점검하는 작전참모 이용수 소령

3시간 반을 계속 타고 정글 위를 누비며 작전 지휘한 헬리곱터와 함께

노획품을 둘러보는 연대장 전두환 대령

월남 작전지역 내 원주민과 함께
(왼쪽에서 세 번째 연대장 전두환 대령, 오른쪽 끝 작전참모 이용수 소령)

공수특전대대장 시절 지리산 일대에서 10일 간의 대대 단독 훈련시 지리산
천왕봉에 올라 천왕봉 표지석에 앉아서

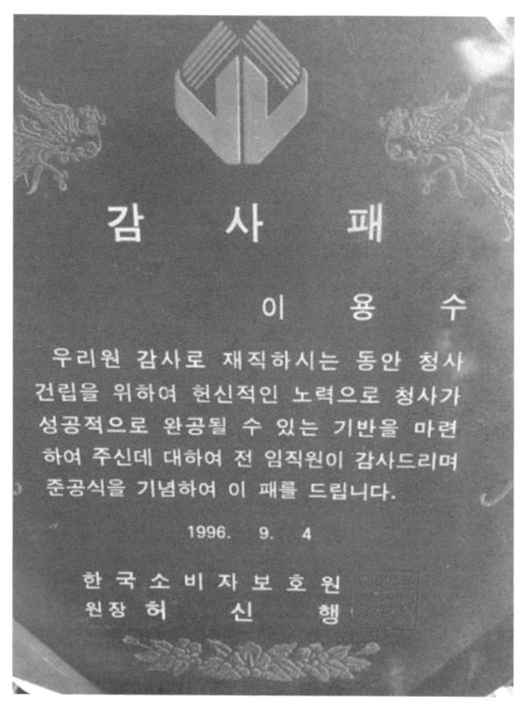

저녁놀

착하게 살자며 여기까지 왔습니다.
뜻있게 살자며 여기까지 왔습니다.

험한 비탈길 가시밭길
넘어지며 일어서며
여기까지 왔습니다.

갈 길 멀어
바라보니

저녁놀 탑니다.

아, 금수강산 우리나라

북에 백두산, 남에 한라산
백두대간 뻗어내려
삼면이 바다인
금수강산 우리나라!

겨울 가서 봄이 오고
여름 가서 가을 오니
철 따라 새 옷으로 갈아입는
아름다워라, 우리 강산!

달마다 명절 두어 자연을 즐기고
하늘과 조상님께 감사하고
이웃과 정 나누니
행복하여라, 우리 미풍양속!

수많은 외침에도
면면히 이어온 5천 년 역사.

기어코 이루었네,
세계 10위권의 경제 대국!

아아,
금수강산 우리나라,
길이길이 빛내세!
길이길이 빛내세!

神의 일부

지은이 / 이용수
발행인 / 김영란
발행처 / **한누리미디어**
디자인 / 지선숙

•

08303, 서울시 구로구 구로중앙로18길 40, 2층(구로동)
전화 / (02)379-4514, 379-4519
Fax / (02)379-4516
E-mail/hannury2003@daum.net

•

신고번호 / 제 25100-2016-000025호
신고연월일 / 2016. 4. 11
등록일 / 1993. 11. 4

•

초판발행일 / 2026년 4월 15일

•

ⓒ 2026 이용수 Printed in KOREA

•

값 **15,000원**

•

※잘못된 책은 바꿔드립니다.
※저자와의 협약으로 인지는 생략합니다.

•

ISBN 978-89-7969-920-3 03810